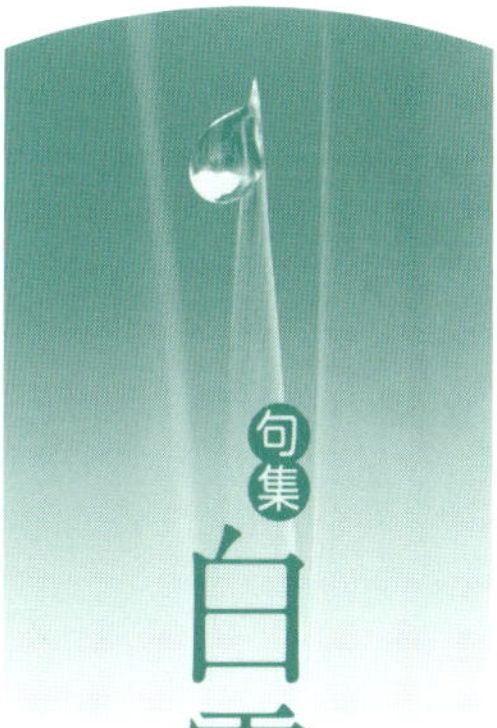

句集

白露

Hakuro
Fujisawa Kiku

藤沢貴久

文學の森

序

藤沢貴久《ふじさわきく》さんとは、「あざみ」の俳句大会で何度かお会いしていた。親しく話をするようになったのは、河野多希女主宰が、平成十七年十二月に突然倒れ、その後、私が俳句教室を指導し、ご一緒するようになってからのこと。

〝土曜俳句教室〟更に〝横浜俳句研究会〟と月二回、教室・句会に熱心に参加されている。句会終了後開かれる居酒屋での恒例の懇親会（反省会）にいつも参加され、私の隣か前の席で、少しの量だが生ビールを飲みながら、俳壇の四方山話や俳論を、皆と大いに戦わしている。

大正六年生まれで、今年四月に、めでたく《白寿》を迎えられる。

「あざみ」全同人の最高齢になるわけだが、元気潑溂、矍鑠として毎月、句会に参加されている。いつも物静かで穏やか、物事をわきまえた女性の品格の良さを感じさせる。物腰が嫋やかで好感、好印象を自然に感じさせている。

そんな貴久さんが、このたび、第一句集『白露』を上梓されることとなった。誠に喜ばしい限りである。

そこで先ず、「あざみ」平成二十七年八月号の雑詠欄で、私が巻頭句に推した貴久さんの繊細な詩心、豊かな才能、控え目で奥床しさを感じさせる次の佳句を挙げ、その時の私の評を紹介しよう。

横好きの俳句嗜む梅雨の閑　　貴久

とても味のある句だ。〈横好き〉とは、うまくもないのに、むやみに好きなこと。下手の横好きなどという。

大変謙遜されているが、作者は、平成三年に、〝あざみ横浜南支部〟に入会され、平成十年に同人に推挙されている。

（中略）

更に驚くのは、週に何回か、家族の〈おさんどん〉をされ、御献立を考え、その買い物をし、少しだが、毎晩、晩酌もされているとか、まさに百薬の長！　そんな生活習慣が、きっと、貴久さんのご長寿の秘訣なのだろう。

中七から下五にかけての措辞に、作者の生き生きと余生を、人生を楽しんでいる姿が、鮮やかに浮かんでいる。

貴久さん、是非、《百寿》を目指して、更なるご健吟を。

この第一句集には二十年余の句作、三〇六句が収められているが、先ず、貴久さんの父、母、夫、子、孫、家族全てを愛す句に多くの秀句が見られる。

雛納むひたすら願ふ子の幸を　（平3）
有りの実と明治生まれの亡母《はは》は云ひ　（平5）
童唄老母厨で栗を茹で　（平6）
柿ひとつ吾子に持たせて夕の鐘　（平12）
いかづちや記憶の亡父《ちち》の太き眉　（平14）
冬瓜やずしりと重き父の愛　（〃）
はらからの賑はひ包む盆の月　（〃）
鬼やらひ女系家族の含み声　（平15）
孫自慢集ひし人に榾《ほだ》火《び》爆ぜ　（〃）
虎落笛吹きぬく路地の介護妻　（平16）
「おふくろ」と呼ばれてみたし木の葉髪　（平17）
亡夫《つま》偲ぶ月に叢《むら》雲《くも》懸かるころ　（平18）
いたこ市父《ちち》母《はは》恋しと靡《なび》く風　（平20）

夫恋《つまごい》はひと本で足る虞美人草　（平21）
地吹雪や討入の如夫の征く　（平22）
臥竜梅託してみたき母ごころ　（平24）
石積むや風が母呼ぶいたこ市　（〃）
妣《はは》好み黄楊《つげ》の横櫛夕涼み　（平25）
白絣亡夫悠々と空闊歩　（〃）
苦瓜や灯明揺らぎ考《ちち》偲ぶ　（〃）
太箸に触れる祖母似の左利き　（平26）
母の忌やけふは初摘み草苺　（〃）

これらの句は、愛情溢れる、優しい貴久さんの心根の叫び、心情そのもの。一句に、家族の固い固い絆、深い深い思いやり、愛情が溢れている。

また、俳句を嗜むと同時に、お酒とも楽しく上手に付き合っている貴久さんも微笑ましい。

ひさびさの雪見の酒や古女房　（平4）
熱燗や耳朶借りて厨ごと　（平6）
琥珀の酒おぼえし頃の冬帽子　（平8）
ほどほどに酒気おびにけり万愚節　（平9）
さくら寒ひとり酌む夜の星の数　（平10）
転《うた》た寝や程よき酔ひの十三夜　（平21）
膝に孫熱燗ゆるむ老いの眉　（平26）

また、同時に第一句集の始めの句には、貴久さんのウイットに富んだ洒落心も見ることが出来る。

白露けふ仄かな薫り愛の影　（平27）

一句にそれとなく自分の《白寿》の幸を〈白露〉の言葉に秘して重ね、

また、師である私の名前、〈薫〉の字を、さり気なく入れ、詠い込んでいる。
そして、更に、才能溢れる繊細な感性、艶、重厚な句風、描写の佳句に、誰もが強く胸打たれ、共感し、貴久さんの俳句の魅力の渦中に引き込まれて行く。

逢へぬ夜は星を数へて天の川　（平10）
侘助や恋は曲者風誘ふ　（〃）
白梅や湯島はけふも恋に濡れ　（平11）
荒梅雨や夜半は鬼女をともなひて　（〃）
ひとり言胸に納めて夜の秋　（〃）
黒髪のひとすぢ風に夕霧忌　（平12）
灯さずも螢袋の忍び逢ひ　（〃）
仮の世と思へば愛し桐一葉　（〃）

山路来て心ときめく落し文　（平13）

いつまでが熟女と云へる君子蘭　（平14）

不知火や情念ひろがる夜の海　（平15）

恋ふ人は結界の果て雪螢　（〃）

黒髪の艶とこしへに古雛《ひいな》　（平16）

明滅や力の限り恋螢　（〃）

ひと夜とて雅びな孤独女王花　（〃）

急坂にそつと手を貸す螢の夜　（平19）

笙《しょう》の音や愛《あい》憐《れん》しばし花吹雪　（平20）

睡蓮や浮名流せし性《さが》揺るる　（〃）

女の道一途に生きし室の花　（平21）

片恋よ沢の深みに落し文　（平22）

秘めごとや萍《うきくさ》に透く鯉の綾　（平23）

愛灌《そそ》ぐ余生に満つる姫女苑　（平24）

梅が枝に色紙も香る恋一字　（平25）
螢火よ瞬時の愛を草叢に　（〃）
秋入日灯台ぽつり恋懺悔　（平26）
産声や白寿への道花朧　（〃）

これらの句には、身、心、胸の奥から滾滾と湧き上がる静かな叫び、熱い情熱、愛情となって、読む人の心の扉に触れ、昇華して行く。
最後に、貴久さんの更なるご健康、ご活躍そしてご長寿を祈念し、第一句集『白露』の上梓を心から言祝ぎ、祝句を捧げ、句集序文の筆を擱くことにする。

永久に澄む白寿の空よ春日燦　薫

平成二十八年四月　清明の日に
大倉山南麓にて
河野　薫

句集　白露／目次

装丁　巖谷純介

句集　白露

はくろ

白露けふ仄かな薫り愛の影

平成二十七年

琥珀の酒

平成三年〜十年

平成三年

雛納むひたすら願ふ子の幸を

打水や住まへる人影偲ぶ宵

桐一葉老いて始まる旅日記

雪洞に灯の点る夜の雪便り

平成四年

遊歩道抱かれし嬰《やや》に花ひとひら

人恋し厨に冷やす水羊羹

話の輪つるりと剝《む》けし衣被ぎ

ひさびさの雪見の酒や古女房

平成五年

東風吹けど飛ぶ羽持たぬ風見鶏

一握の砂こぼしつつ晩夏ゆく

筆の先濡らしてからの天の川

有りの実と明治生まれの亡母《はは》は云ひ

手遊《すさ》びの三味の音色や葛の花

秘め事やふところ深く藤袴

掌《てのひら》に銀杏溢れ句も拾ふ

山鳩も啼く元廓一葉忌

毬一つ畳の広さ冬の月

平成六年

梅一枝持たせ撮りたし黄八丈

お迎へはあの角あたり紫荊《はなずおう》

昔日の白き影ひき沙羅の花

片恋や深山口の落し文

独り居や風なき宵の釣忍

童唄老母厨で栗を茹で

縄のれん背に肩越しや居待月

生牡蠣の舌に溶け入る差向ひ
熱燗や耳朶借りて厨ごと

老いの声人生唄ふ年忘れ

平成七年

子は鎹《かすがい》花の修善寺戻り橋

火を消して風の音聴く蟬丸忌

井戸端の耳学問や梅雨晴間

水音に仏も見ゆる盆支度

太棹に阿波の哀調旅の秋

平成八年

残雪を抱いて日蔭の道祖神

囀りやまだ明けやらぬ野の匂ひ

サファイヤの碧き秘めごと春の宵

魚籠《びく》覗く人も釣人川の春

墓地暮れて無縁にやさし百日紅

半夏生読みつぐ推理寝そびれて

青しぐれ山手の丘に鎮魂歌

かりがねや風が連れくる湯揉み唄

散歩とてちよつと鎌倉こぼれ萩

琥珀の酒おぼえし頃の冬帽子

平成九年

故里や赤毛のアンも野老《ところ》汁

水温む心の箍《たが》も弛みがち

ほどほどに酒気おびにけり万愚節

木屋町の開かずの簾をんな声

扇にも心の動き前座の芸

諍《いさか》ひも拳《こぶし》も解《と》ける花野かな

生身魂そろひの図柄夫婦椀

恍惚は終のやすらぎ花八つ手

老猫の眼にも艶《なま》めき近松忌

平成十年

ふたり居て言葉はいらぬ寒紅梅

片足で佇てぬ齢《よわい》や山笑ふ

通りやんせ此所は湯島の梅の径

さくら寒ひとり酌む夜の星の数

蚕豆の弾けて笑ふ朝厨

恥ぢらひは残したきもの古扇

逢へぬ夜は星を数へて天の川

葛の葉や風に流されくる噂

刃は入れぬ水蜜桃の無垢の肌

白萩や老いの反骨和らぎて

侘助や恋は曲者風誘ふ

茶柱を誰にも云はず今朝の冬

木曾下り生計《たつき》の棹に冬ざるる

天衣無縫

平成十一年〜十四年

平成十一年

白梅や湯島はけふも恋に濡れ

花撩乱命のさだめふと過《よぎ》る

「みだれ髪」ひもとく春宵老ゆまじく

石仏に会釈の農夫山笑ふ

草の芽や石割る力誰《た》がためと

爪弾きや春の名残の糸を締め

荒梅雨や夜半は鬼女をともなひて

蟠《わだかま》り無言で崩すかき氷

新藷の湯気にかくれし阿弥陀仏
ひとり言胸に納めて夜の秋

瞬《またた》きに終《つい》の流燈西の方

歳時記にこころの声を探す秋

牡蠣むき女昼は乳房を含ませに

紬着て絵になる人や水仙花

煮凝りや共に凝りて夫婦箸

前向きに生きて八十路や山椒の芽

平成十二年

春炬燵粋《いき》とは縁なき老いふたり

黒髪のひとすぢ風に夕霧忌

晩年のあすは不確か霞草

叱責を涙で躱し花山葵

囁きは風の睦言合歓の花

天衣無縫空海に湧く雲の峰

灯さずも螢袋の忍び逢ひ

仮の世と思へば愛し桐一葉

秋風や軋む二丁櫓島めぐり

柿ひとつ吾子に持たせて夕の鐘

碑《いしぶみ》の忌日を撫でる秋しぐれ

寒夕焼罪な誘ひの縄のれん

書道展写経に侍《はべ》る冬椿

琴線に触れしひと言冬帽子

平成十三年

風に舞ふ憂きこと忘る春の雪

曲水や歌ゆるやかに流れゆく

老境の扉は自在花大根

灯さねばこころ盲ひぬ春愁ひ

山路来て心ときめく落し文

万象の声なきコーラス若葉風

潮騒や枕に深く晩夏闇

項《うなじ》濃く孤独影おく立葵

霧の夜や茫と浮びし辻占ひ

錆《さび》鮎《あゆ》の香りも分つ対の皿

鵙高音しをり戸閉ざす横笛庵

三溪翁こころ百幹竹の春

眼を細め童唄など白秋忌

放心を解けば現世か寒昴

会者定離木枯すさぶ港の灯

平成十四年

春隣髪ととのふる水鏡

春光や死も法悦の流れとも

鉢の梅小さき暮し湯の滾《たぎ》る

やせ蛙一茶のこころ句碑となり
いつまでが熟女と云へる君子蘭

蜘蛛の糸つながる生と死のひとすぢ

しとど雨開かぬが風情破れ傘

いかづちや記憶の亡《ち》父《ち》の太き眉

婚衣裳想ひもセピア土用干

冬瓜やずしりと重き父の愛

はらからの脈はひ包む盆の月

忍耐と人は云ふなり露の玉

掌《て》に余る葡萄の房はわが生涯

無農薬土付大根誇らしげ

浜焚火背中で語る釣自慢

一本の傘に始まり置炬燵

月に叢雲

平成十五年〜十八年

平成十五年

鬼やらひ女系家族の含み声

紅梅や懐紙に沁むる紅の痕

土筆ん坊介護士の掌に甘えをり

菜種梅雨纜《ともづな》眠る舟溜り

瞽女唄や野はもろもろに茎立ちぬ

休ませる杖に優しき花ジャスミン

端布にも想ひ籠りし白《しろ》絣《がすり》

九十九《つづら》折り山の霊気を夏の旅

安心の遠のく齢走り梅雨

自我の塵晒して清し女瀧

嵯峨菊やさらりと余生おだやかに

不知火や情念ひろがる夜の海

真摯なる蕎麦打つ腕のたくましさ

晩秋や「くどき上手」といふ地酒

波寄する螺《ら》旋《せん》の渚秋愁ひ

冬落《らつ》暉《き》けふの名残の彩《いろ》散らす

恋ふ人は結界の果て雪螢

明暗の世に安らぎを石蕗の花

孫自慢集ひし人に榾《ほだ》火《び》爆ぜ

平成十六年

独り居に桶の浅蜊のつぶやける

黒髪の艶とこしへに古雛《ひいな》

世を拗《す》ねし人に悟りを松の芯

継続は力なりとて浜薊

明滅や力の限り恋螢

梅雨晴間美声しみじみ舟下り
蓮の花咲くやみすゞの詩の彩に

ひと夜とて雅びな孤独女王花

笹りんだう俊寛偲ぶ下り松

迎へ火や弾けし殻の小さき音

単線の果ては何処《いずこ》ぞ野紺菊

ほどほどを覚えし齢木の実独楽

閼伽桶の木肌恋しと秋燕

一生を大河も知らず番鴨

虎落笛吹きぬく路地の介護妻

霜柱アリス潜むや杣《そま》の道

平成十七年

朦《もう》朧《ろう》と死にたし老いの初咄

白梅や名優偲ぶ裏階段

蜂の巣の衝動走る好奇心

イーゼルの傾き見ゆる丘陽炎《かげろう》

浄土かな地に坐《ざ》し受くる花吹雪

韮山や茶畑に映ゆ紅だすき

蛙鳴く庫裏《くり》の闇夜や一茶の碑

櫓さばきの娘船頭杜若

はたた神埴輪《はにわ》の馬の走り出す

点さねば言葉忘れし盆燈籠

幾許ぞ余生大事に芋の露

仮名文字の流れを満たす月天心

野育ちもやがて世に出る榠《か》樝《りん》の実

舟唄を喉《のど》にころがし小六月

「おふくろ」と呼ばれてみたし木の葉髪

茶の香り鬱《うつ》も飲みこむ冬籠り

平成十八年

春動くソムリエの掌に踊る彩

けものみち梅一輪にほださるる

梅賞でる齢誇らし九《つ》十《く》九《も》髪《がみ》

枝垂《しだ》るるも御苑の桜位《い》を高く
しやぼん玉わが意に添はず膨《ふく》れ消ゆ

夏の風竹百幹のうれし泣き

身もいつか古代とならむ雲の峰

怜悧にはなれず温和に桃を剝く

脱ぎっぷり木場の男の秋祭

亡夫《つま》偲ぶ月に叢《むら》雲《くも》懸かるころ

初島や俳聖偲ぶ秋岬

雨催ひ「おかめ」泣きそな一の酉

凍瀧や眠る太古の神の剣

労《ねぎら》ひの言葉添へたし葱《ねぎ》鮪《ま》鍋

笙の音

平成十九年〜二十二年

平成十九年

海鳴りや古歌を諳《そら》んじ実朝忌

競ひたつ天神の森梅の白

天衣無縫われを導く春の雁

吹き溜り陽気な愚痴や春一番

ひと枝の桃にこころを朽ち墓石

蚊の唸《うな》りいよよお出まし豚陶器

急坂にそつと手を貸す螢の夜

水茄子に濡らす舌先京訛り

案山子なぜ一本足か雲一朶《いちだ》

秒針や余生は気儘秋灯し

人情は根雪の深さ郷ことば

寒荒行滾る青春水しぶき

緞子《どんす》身に良き日もありぬ木の葉髪

盛衰の影水に落つ枯柳

平成二十年

歌雅びますらを偲ぶ実朝忌

杖立てて翁見上ぐる迎春花

供養の灯縁《えにし》結びし彼岸晴

笙《しょう》の音や愛《あい》憐《れん》しばし花吹雪

麦の穂や糾《あざな》ふ如しわが人生

風塵を避けて迷はず鉄線花

睡蓮や浮名流せし性《さが》揺るる

剣豪か切口まゐる水羊羹

いたこ市父《ちち》母《はは》恋しと靡《なび》く風

ひと言に傷つけられし桃の肌

笠つけし月はいづれに宿とらむ

神御《みまえ》前ワキ舞ふ僧の小忌《おみごろも》衣

奇を衒《てら》ふ身は細りても枯蟷螂

平成二十一年

初茜命の丈へ夢無限

餅《もち》間《あわい》憩ひし茶房志功の絵
湯の宿は情《なさ》けに脆《もろ》し竹の秋

六兵衛の壺艶増せり花の寺

箸転ぶ少女笑はず山笑ふ

常磐木や師と仰ぎたし松の芯

こぼれ鷺《さぎ》せせらぎに佇つ思ひとは

夫《つま》恋《ごい》はひと本で足る虞美人草

ながながと畳に背中盆帰省

徒花《あだばな》はつれなかりしよ秋茄子《なすび》

秋寂寥弥勒《みろく》菩薩に抱かれむ

転《うた》た寝や程よき酔ひの十三夜

山茶花や触れなば落ちむ片靨《えくぼ》

川の字や祝詞に涙千歳飴

女の道一途に生きし室の花

三本締めいなせな兄貴一の酉

達観に遠きわが性木守柿

平成二十二年

歩み初め「手の鳴る方へ」草青む

段葛軽き足取り花吹雪

野の祠守《も》るや猫の目面影草

墨滲む老いの手習ひ亀の鳴く

少子化や浮上を望む鯉のぼり

片恋よ沢の深みに落し文

行く道はひとつと決めて花菖蒲

吐息とも聞こゆ熱砂の夜の風

雷一瞬韋駄天で過ぐ一本杉

すでに秋生きる指針よ五七五

秋渚貝に習ひて閉ざす口
開かずも想ひほのかに秋扇

地吹雪や討入の如夫の征く

明るさよ諾《うべな》ふ余生垂《しず》り雪

白寿の坂

平成二十三年～二十七年

平成二十三年

擽《くすぐ》る童心の灯よ雛あられ

忘れじや雀百まで春の歌

導かれ行かむ天寿や春の雁

飛花落花身のうち走る慈悲心《ごころ》

好奇心アンテナ巡らし初夏の旅

秘めごとや萍《うきくさ》に透く鯉の綾

夕涼み艶な噂も詰将棋

終戦日萎れし花に活の水

糸瓜忌や数へ唄など子らの列

木枯や研鑽の日々愛ほしく

三面鏡姥三人の春支度

春よ来い転びし嬰の鼻に土

平成二十四年

臥竜梅託してみたき母ごころ

夜の帷鬼神も哭くや山葵沢

傾けばちらと若妻田植笠

介護の手白し膨《ふく》よか綿の花

愛灌《そそ》ぐ余生に満つる姫女菀

大蜥蜴《とかげ》見得切る大窓十八階

野にあらば姫の顔せり蛇苺

石積むや風が母呼ぶいたこ市

地震惨禍月《つき》光輪の矢を放つ
手庇に雲水焦《こが》れし夕月夜

京の闇滴る神音大文字

短日や灯の入る瓦斯灯みなと街

悲しみの谺は海に虎落笛

榾火燃ゆ過ぎし苦悩の万華鏡

香もわたる侘助の花躙り口

振り向けば「おかめ」が笑ふ一の酉

事始め笑ひ飛ばせよ九十九髪

先見ゆる瓢々と生く枯芒

平成二十五年

幼さの残る項や梅三分

梅が枝に色紙も香る恋一字

二毛作夕陽に抱かれ鳥帰る

春夢路こころは共に山頭火

妣《はは》好み黄楊《つげ》の横櫛夕涼み

吉報を待つ身にはやる遠花火

螢火よ瞬時の愛を草叢に

白絣亡夫悠々と空闊歩

櫂忙し釣瓶落しや帰り舟

牛馬優先わが身小さし阿蘇の秋

苦瓜や灯明揺らぎ考《ちち》偲ぶ

倖せの香よ内風呂に柚子一つ

蜜柑狩り酸いも甘いもおつ母さん

生きてこそ竿の雫や初時雨

平成二十六年

太箸に触れる祖母似の左利き

パンジーの先づお出迎へ丘の家

季を得たり醍醐の桜娘の瞳

端居とや学ぶ世情の在りどころ

母の忌やけふは初摘み草苺

秋入日灯台ぽつり恋懺悔

星流る縁の人よ夢枕

名月や白寿の坂は八合目

日短し三猿通す自我もあり

膝に孫熱燗ゆるむ老いの眉

身はすでに襤《らん》褸《る》の旗や枯尾花

平成二十七年

新玉や薫りゆたかに句の栄え

産声や白寿への道花朧

平成二十六年

あとがき

白寿の坂をあと一歩、人それぞれに貴重な人生、私もまたさまざまな時代を乗り越えてきました。

大正六年、東京日本橋小舟町の片隅で生まれ、大正十二年、関東大震災の後、横浜へ移り住み、何と九十余年の長い道程を歩み続けております。

平成三年、親しい友人の奨めで俳句を始め、その後、名門「あざみ」へ入会致しました。以来二十五年、悲喜こもごもの私だけの心の歩みを詠み続けてきました。

名誉主宰河野多希女先生の詩の深みに憧れ、河野薫先生の新鮮な句風に魅了され、月二回の句会通いが楽しくて、余生の励みとなっています。

此の度の句集『白露』上梓にあたり、主宰河野薫先生に多大な御配慮と温かい序文を賜り、誠に身に余ることと厚く御礼申し上げます。

尚、お世話下さいました「文學の森」の皆様に感謝申し上げます。

常に、温かい理解と援助とともに見守ってくれた家族に、この句集を贈りたいと思います。

平成二十八年四月吉日

藤沢貴久

著者略歴

藤沢貴久（ふじさわ・きく）本名　貴久栄（きくえ）

大正６年４月18日　東京都日本橋に生まる
平成３年　「あざみ」横浜南支部に入会
平成８年　「よみうりカルチャー横浜」俳句入門に入会
平成10年　「あざみ」同人
平成13年　「あざみ」土曜俳句教室に入会
平成16年　「あざみ」横浜俳句研究会に入会

現住所　〒232-0072　神奈川県横浜市南区永田東 2-11-34

句集

白《はく》露《ろ》

発　行　平成二十八年四月十八日
著　者　藤沢貴久
発行者　大山基利
発行所　株式会社　文學の森

〒一六九-〇〇七五
東京都新宿区高田馬場二-一-二　田島ビル八階
tel 03-5292-9188　fax 03-5292-9199
e-mail mori@bungak.com
ホームページ http://www.bungak.com

印刷・製本　竹田　登

ISBN978-4-86438-518-3　C0092